Le Roman De La Rose

Guillaume de Lorris

Edition : Culturea (culurea.fr), 34 Hérault
Contact : infos@culturea.fr
Impression : BOD, Norderstedt (Allemagne)
ISBN : 9791041972494
Date de publication : juillet 2023
Mise en page et maquettage : https://reedsy.com/
Cet ouvrage a été composé avec la police Bauer Bodoni

LE ROMAN DE LA ROSE

I

Ci est le Roman de la Rose,
Où l'art d'Amour est toute enclose.

Maintes gens disent que les songes
Ne sont que fables et mensonges;
Mais on peut tel songe songer,
Qui ne soit certes mensonger
Et par la suite vrai se treuve.
Moult évidente en est la preuve
Dans la fameuse vision
Advenue au roi Scipion,
Dont Macrobe écrivit l'histoireb;
Car aux songes il daignait croire.
Bien plus, si quelqu'un pense ou dit
Que soit sottise ou fol esprit
De croire qu'ils se réalisent,
Eh bien, que ceux-là fol me disent;
Car je crois, moi, sincèrement
Qu'un songe est l'avertissement
Des biens et maux qui nous attendent;
Et maints avoir songé prétendent
La nuit choses confusément,
Qu'on voit ensuite clairement.

Où vintiesme an de mon aage,
Où point qu'Amors prend le paage
Des jones gens, couchiez estoie
Une nuit, si cum je souloie,
Et me dormoie moult forment,
Si vi ung songe en mon dormant,
Qui moult fut biax, et moult me plot.
Mès onques riens où songe n'ot
Qui avenu trestout ne soit,
Si cum li songes recontoit.
Or veil cel songe rimaier,
Por vos cuers plus fere esgaier,
Qu'Amors le me prie et commande;

Et se nus ne nule demande
Comment ge voil que cilz Rommanz
Soit apelez, que ge commanz:
Ce est li Rommanz de la Rose,
Où l'art d'Amors est tote enclose.
La matire en est bone et noeve:
Or doint Diez qu'en gré le reçoeve
Cele por qui ge l'ai empris.
C'est cele qui tant a de pris,
Et tant est digne d'estre amée,
Qu'el doit estre Rose clamée.

Avis m'iere qu'il estoit mains,
Il a jà bien cincq ans, au mains,
En mai estoie, ce songoie,
El tems amoreus plain de joie,
El tens où tote riens s'esgaie,
Que l'en ne voit boisson ne haie
Qui en mai parer ne se voille,
Et covrir de novele foille;

J'avais vingt ans; c'est à cet âge
Qu'Amour prend son droit de péage
Sur les jeunes coeurs. Sur mon lit
Étendu j'étais une nuit,
Et dormais d'un sommeil paisible.
Lors je vis un songe indicible,
En mon sommeil, qui moult me plut;
Mais nulle chose n'apparut
Qui ne m'advint tout dans la suite,
Comme en ce songe fut prédite.
Or veux ce songe rimailler
Pour vos coeurs plus faire égayer;
Amour m'en prie et me commande;
Et si nul ou nulle demande
Sous quel nom je veux annoncer
Ce Roman qui va commencer:
Ci est le roman de Rose
Où l'art d'Amour est toute enclose.
La matière de ce Roman
Est bonne et neuve assurémentb;

Mon Dieu! que d'un bon oeil le voie
Et que le reçoive avec joie
Celle pour qui je l'entrepris;
C'est celle qui tant a de prix
Et tant est digne d'être aimée,
Qu'elle doit Rose être nommée.
Il est bien de cela cinq ans;
C'était en mai, amoureux temps
Où tout sur la terre s'égaie;
Car on ne voit buisson ni haie
Qui ne se veuille en mai fleurir
Et de jeune feuille couvrir.
Les bois secs tant que l'hiver dure
En mai recouvrent leur verdure;

Li bois recovrent lor verdure,
Qui sunt sec tant cum yver dure,
La terre méismes s'orgoille
Por la rousée qui la moille,
Et oblie la poverté
Où ele a tot l'yver esté.
Lors devient la terre si gobe,
Qu'el volt avoir novele robe;
Si scet si cointe robe faire,
Que de colors i a cent paire,
D'erbes, de flors indes et perses,
Et de maintes colors diverses.
C'est la robe que je devise,
Por quoi la terre miex se prise.
Li oisel qui se sunt téu,
Tant cum il ont le froit éu,
Et le tens divers et frarin,
Sunt en mai por le tens serin,
Si lié qu'il monstrent en chantant
Qu'en lor cuer a de joie tant,
Qu'il lor estuet chanter par force.
Li rossignos lores s'efforce
De chanter et de faire noise;
Lors s'esvertue, et lors s'envoise
Li papegaus et la kalandre:
Lors estuet jones gens entendre

A estre gais et amoreus
Por le tens bel et doucereus.
Moult a dur cuer qui en mai n'aime,
Quant il ot chanter sus la raime
As oisiaus les dous chans piteus.
En iceli tens déliteus,
Que tote riens d'amer s'effroie,
Sonjai une nuit que j'estoie,

Lors oubliant la pauvreté
Où elle a tout l'hiver été,
La terre s'éveille arrosée
Par la bienfaisante rosée.
La vaniteuse, il faut la voir,
Elle veut robe neuve avoir;
De mille nuances, pour plaire,
Robe superbe sait se faire,
Avec l'herbe verte, des fleurs
Mariant les belles couleurs.
C'est cette robe que la terre,
A mon avis, toujours préfère.
Les oiselets silencieux
Par le temps sombre et pluvieux,
Et tant que sévit la froidure
Sont en mai, quant rit la nature,
Si gais, qu'ils montrent en chantant
Que leur coeur a d'ivresse tant
Qu'il leur convient chanter par force,
Le rossignol alors s'efforce
De faire noise et de chanter,
Lors de jouer, de caqueter
Le perroquet et la calandreb;
Lors des jouvenceaux le coeur tendre
S'égaie et devient amoureux
Pour le temps bel et doucereux.
Quand il entend sous la ramée
La tendre et gazouillante armée
Qui n'aime, il a le coeur trop dur!
En ce temps enivrant et pur
Qui l'amour fait partout éclore,
Une nuit, m'en souvient encore,

Je songeai qu'il était matin;
De mon lit je sautai soudain,

Ce m'iert avis en mon dormant,
Qu'il estoit matin durement;
De mon lit tantost me levai,
Chauçai moi et mes mains lavai.
Lors trais une aguille d'argent
D'ung aguiller mignot et gent,
Si pris l'aguille à enfiler.
Hors de vile oi talent d'aler,
Por oïr des oisiaus les sons
Qui chantoient par ces boissons
En icele saison novele;
Cousant mes manches à videle,
M'en alai tot seus esbatant,
Et les oiselés escoutant,
Qui de chanter moult s'engoissoient
Par ces vergiers qui florissoient,
Jolis, gais et plains de léesce.
Vers une riviere m'adresce
Que j'oi près d'ilecques bruire,
Car ne me soi aillors déduire
Plus bel que sus cele riviere.
D'ung tertre qui près d'iluec iere
Descendoit l'iave grant et roide,
Clere, bruiant, et aussi froide
Comme puiz, ou comme fontaine,
Et estoit poi mendre de Saine,
Més qu'ele iere plus espanduë.
Onques més n'avoie véuë
Cele iave qui si bien coroit:
Moult m'abelissoit et séoit
A regarder le leu plaisant.
De l'iave clere et reluisant
Mon vis rafreschi et lavé.
Si vi tot covert et pavé

Je me chaussai, puis d'une eau pure
Lavai mes mains et ma figure;
Dans son étui mignon et gent

Je pris une aiguille d'argent
Que je garnis de fine laine,
Puis je partis emmi la plaine
Écouter les douces chansons
Des oiselets dans les buissons
Qui fêtaient la saison nouvelle.
Cousant mes manches à vidèle,
Seul j'allai prendre mes ébats,
Témoin de leurs joyeux débats,
De leur grâce et leur allégresse,
Par ces vergers en grand' liesse.
Tout près un grand ruisseau coulait
Dont le murmure m'appelait;
J'y courus. Jamais paysage
Ne vis plus beau que ce rivage.
D'un tertre vert et rocailleux
Descend, en bonds tumultueux,
L'onde aussi froide, claire et saine
Comme puits ou comme fontaine.
La Seine est un fleuve plus grand,
Mais moins belle au large s'épand.
Je n'avais oncques cette eau vue
Qui si bien court et s'évertue.
Dans un charme délicieux
Plongé, je promenais mes yeux
Partout ce riant paysage;
De l'onde claire mon visage
Je rafraîchis lors et lavai,
Et je vis couvert et pavé
Son lit de pierres et gravelle.
La prairie était grande et belle

Le fons de l'iave de gravele;
La praérie grant et bele
Très au pié de l'iave batoit,
Clere et serie et bele estoit
La matinée et atrempée:
Lors m'en alai parmi la prée
Contre val l'iave esbanoiant,
Tot le rivage costoiant.

II

Ci raconte l'Amant et dit:
Des sept ymaiges que il vit
Pourtraites el mur du vergier,
Dont il li plest à desclairier
Les semblances et les façons,
Dont vous porrez oïr les nons.
L'ymaige premiere nommée,
Si estoit Haïne apelée.

Quant j'oi ung poi avant alé,
Si vi ung vergié grant et lé,
Tot clos d'ung haut mur bataillié,
Portrait defors et entaillié
A maintes riches escritures,
Les ymages et les paintures
Ai moult volentiers remiré:
Si vous conteré et diré
De ces ymages la semblance,
Si cum moi vient à remembrance,

HAINE.

Ens où milieu je vi HaïneIllustration: ...Ens où milieu je vi... Voir image
Qui de corrous et d'ataïne

Et jusqu'au pied de l'eau battait;
Or comme claire et douce était
Et sereine la matinée,
Parmi la plaine diaprée,
Sans but, je suivis le courant,
Tout le rivage côtoyant.

Ici, l'Amant en quelques pages
Va raconter les sept images
Qu'il vit sur les murs du verger.
Il va sous nos yeux les ranger;
Puis leurs façons et leurs postures,
Leurs costumes et leurs figures
Avant peindre, il les nommera,

Par la Haine il commencera.

Quand je fus à quelque distance,
J'aperçus un verger immense
Tout clos d'un haut mur crénelé,
Par dehors peint et ciselé
De maintes riches écritures.
Les images et les peintures
Je pus à mon aise admirer;
Or, je vais peindre et vous narrer
De ces images la semblance
Telle qu'en ai la souvenance.

HAINE.

La Haine au milieu se dressait.
Tout d'abord en elle on sentait

Sembloit bien estre moverresse,
Et correceuse et tencerresse,
Et plaine de grant cuvertage
Estoit par semblant cele ymage.
Si n'estoit pas bien atornée,
Ains sembloit estre forcenée;
Rechignie avoit et froncié
Le vis, et le nés secorcié.
Par grant hideur fu soutilliée,
Et si estoit entortillée
Hideusement d'une toaille.

FELONNIE.

Illustration: Car bien sembloit chose vilaine... Voir image
Une autre ymage d'autel taille
A senestre vi delez lui;
Son non desus sa teste lui,
Apellée estoit Felonnie.

VILENNIE.

Une ymage qui Vilonie

Avoit non, revi devers destre,
Qui estoit auques d'autel estre,
Cum ces deus et d'autel féture;
Bien sembloit male créature,
Et despiteuse et orguilleuse,
Et mesdisant et ramponeuse.
Moult sot bien paindre et bien portraire
Cil qui tiex ymages sot faire:
Car bien sembloit chose vilaine,
De dolor et de despit plaine;
Et fame qui peut séust
D'honorer ceus qu'ele déust.

Grande source de jalousie,
De courroux et de frénésie.
Elle me parut de poison
Pleine et de noire trahison.
Cette image mal atournée
A les traits d'une forcenée,
Un laid visage tout froncé,
Le nez petit et retroussé,
Puis, enfin, elle s'entortille
D'une hideuse souquenille
Qui plus hideuse encor la rend.

FÉLONIE.

A gauche est sur le même rang,
De même taille, une autre image;
Tout au dessus de son visage
Félonie est son nom gravé.

VILENIE.

Une autre image j'ai trouvé
Sur la droite. C'est Vilenie
Avec elles en harmonie:
Même aspect hideux, repoussant;
Du premier coup d'oeil on pressent
Une créature orgueilleuse
Et médisante et rancuneuse.

Celui qui peignit ces tableaux
Savamment maniait pinceaux,
Car bien semblait chose vilaine
De douleur et de dépit pleine,
Et femme qui petit savait
Honorer ceux qu'elle devaitb.

COUVOITISE.

Illustration:C'est cele qui fait l'autrui prendre... Voir image Après fu painte Coveitise:
C'est cele qui les gens atise
De prendre et de noient donner,
Et les grans avoirs aüner,
C'est cele qui fait à usure
Prester mains por la grant ardure
D'avoir conquerre et assembler.
C'est cele qui semont d'embler
Les larrons et les ribaudiaus;
Si est grans péchiés et grans diaus
Qu'en la fin en estuet mains pendre.
C'est cele qui fait l'autrui prendre,
Rober, tolir et bareter,
Et bescochier et mesconter;
C'est cele qui les trichéors
Fait tous et les faus pledéors,
Qui maintes fois par lor faveles
Ont as valés et as puceles
Lor droites herites toluës.
Recorbillies et croçuës
Avoit les mains icele ymage;
Ce fu drois: car toz jors esrage
Coveitise de l'autrui prendre.
Coveitise ne set entendre
A riens qu'à l'autrui acrochier;
Coveitise a l'autrui trop chier.

AVARICE.

Une autre ymage y ot assise
Coste à coste de Coveitise,

CONVOITISE.

Après est peinte Convoitise.
C'est elle qui les gens attise
De prendre et ne jamais donner,
Et leurs biens faire foisonner.
C'est elle encor qui à l'usure
Prête la main pour sans mesure
Constamment gagner, amasser.
Qui ne cesse au vol de pousser
Larrons, gens de mauvaise vie,
Dont les crimes, la félonie
A la potence les conduit:
Celle qui fait dauber autrui
Par dol et cauteleux langage,
Par mauvais compte, escamotage.
C'est elle qui, tous les tricheurs,
Inspire et tous ces faux plaideurs
Dont les manoeuvres criminelles
Ont maints varlets, maintes pucelles,
D'un héritage dépouillésb.
Tout crochus et recoquillés
Avait les doigts cette femelle,
Et c'est chose bien naturelle,
Car Convoitise, c'est connu,
Aucun bonheur n'a jamais eu
Fors quand les autres dévalise;
Ne sait entendre Convoitise
A rien qu'aux autres accrocher;
Elle a d'autrui le bien trop cher.

AVARICE.

Je vis une autre image assise
Côte à côte de Convoitise,

Avarice estoit apelée:
Lede estoit et sale et foulée
Cele ymage, et megre et chetive,
Et aussi vert cum une cive.
Tant par estoit descolorée,
Qu'el sembloit estre enlangorée;
Chose sembloit morte de fain,
Qui ne vesquist fors que de pain
Petri à lessu fort et aigre;
Et avec ce qu'ele iere maigre,
Iert-ele povrement vestuë,
Cote avoit viés et desrumpuë;
Comme s'el fust as chiens remese;
Povre iert moult la cote et esrese,
Et plaine de viés palestiaus.
Delez li pendoit ung mantiaus
A une perche moult greslete,
Et une cote de brunete;
Où mantiau n'ot pas penne vaire,
Mès moult viés et de povre afaire,
D'agniaus noirs velus et pesans.
Bien avoit la robe vingt ans;Illustration: Avarice en sa main tenoit... Voir image
Mès Avarice du vestir
Se sot moult à tart aatir:
Car sachiés que moult li pesast
Se cele robe point usast;
Car s'el fust usée et mauvese,
Avarice éust grant mesese,
De noeve robe et grant disete,
Avant qu'ele éust autre fete.
Avarice en sa main tenoit
Une borse qu'el reponnoit,
Et la nooit si durement,
Que demorast moult longuement

C'était Avarice. Elle était
Affreuse et sale, et se voûtait.
Cette image maigre et chétive
Était verte comme une cive,
Et ce visage sans couleur
Semblait s'épuiser de langueur.
D'un mort elle avait l'apparence
Qui ne vécut que d'abstinence
Et de pain fait d'aigre levain.
Pour draper sa maigreur enfin
Elle était pauvrement vêtue
D'une vieille cote rompue,
Sale, de pièces et morceaux;
On eût dit épave en lambeaux
De la dent des chiens délaissée.
Une perche grêle est dressée
Tout près d'elle, où pend un manteau
Et cote de drap jadis beaub.
Pas la moindre trace d'hermine
Sur ce manteau de triste mine
D'agneaux noirs, velus et pesants.
Bien avait la robe vingt ans;
Mais avarice n'est pressée
D'avoir sa cote remplacée.
Toujours elle est à deviser
Comment ne pas sa robe user;
Car si la robe était mauvaise,
Avarice aurait grand mésaise,
Robe neuve avant de s'offrir,
Moult longtemps dût-elle en pâtir.
Dans ses mains Avarice cache
Une grand'bourse qu'elle attache
Et noue avec acharnement,
Afin de rester longuement

Ainçois qu'el en péust riens traire,
Mès el n'avoit de ce que faire.
El n'aloit pas à ce béant
Que de la borse ostat néant.

ENVIE.

Après refu portrete Envie,
Qui ne rist oncques en sa vie,
N'oncques de riens ne s'esjoï,
S'ele ne vit, ou s'el n'oï
Aucun grant domage retrere.
Nule riens ne li puet tant plere
Cum mefet et mesaventure,
Quant el voit grant desconfiture.
Sor aucun prodomme chéoir,
Ice li plest moult à véoir.
Ele est trop lie en son corage
Quant el voit aucun grant lignage
Dechéoir et aler à honte;
Et quant aucuns à honor monte
Par son sens ou par sa proéce,
C'est la chose qui plus la bléce.
Car sachiés que moult la convient
Estre irée quant biens avient.
Envie est de tel cruauté,
Qu'ele ne porte léauté
A compaignon, ne à compaigne;
N'ele n'a parent, tant li tiengne,
A cui el ne soit anemie:
Car certes el ne vorroit mie
Que biens venist, neis à son pere.
Mès bien sachiés qu'ele compere
Sa malice trop ledement:
Car ele est en si grant torment,

Devant qu'elle en pût rien extraire.
Mais, las! elle n'en a que faire,
Car jamais n'aura le désir
De cette bourse rien sortir.

ENVIE.

Après était pourtraite Envie
Qui ne rit oncques en sa vie,
Et qui de rien ne s'éjouit
Que s'elle voit ou s'elle ouïtb
Raconter quelque grand dommage.
Rien ne lui plaît ni la soulage
Autant que lorsqu'elle peut voir
Dessus aucun prudhomme choirb
Ou méfait, ou mésaventure,
Ou quelque grand'déconfiture.
Mais si quelque noble maison
Déchoit et souille son blason,
C'est la félicité suprême.
Aussi, ce que le moins elle aime,
C'est qu'un homme arrive à l'honneur
Par ses vertus et sa valeur.
Sachez que grande est sa colère
Lorsque advient quelque bien sur terre.
Elle est de telle cruauté
Qu'elle ne porte aménité
A compagnon ni bonne amie;
Car d'un chacun c'est l'ennemie,
Fût-il son plus proche parent,
Et son coeur serait moult dolent
Si bien venait même à son père.
Mais Dieu lui fait par grand'misère
Payer cette méchanceté;
Car son coeur est si tourmenté

Et a tel duel quant gens bien font,
Par ung petit qu'ele ne font.
Ses felons cuers l'art et detrenche,
Qui de li Diex et la gent venche.
Envie ne fine nule hore
D'aucun blasme as gens metre sore;
Je cuit que s'ele cognoissoit
Tot le plus prodome qui soit
Ne deçà mer, ne delà mer,
Si le vorroit-ele blasmer;

Et s'il iere si bien apris
Qu'el ne péust de tot son pris
Rien abatre ne desprisier,
Si vorroit-ele apetisier
Sa proéce au mains, et s'onor
Par parole faire menor.

Lors vi qu'Envie en la paintureIllustration: Lors vi qu'Envie en la painture... Voir image
Avoit trop lede esgardéure;
Ele ne regardast noient
Fors de travers en borgnoiant;
Ele avoit ung mauvès usage,
Qu'ele ne pooit ou visage
Regarder riens de plain en plaing,
Ains clooit ung oel par desdaing,
Qu'ele fondoit d'ire et ardoit,
Quant aucuns qu'ele regardoit,
Estoit ou preus, ou biaus, ou gens,
Ou amés, ou loés de gens.
Quand le bien voit, telle est sa rage,
Qu'elle en fondrait presque, je gage;
Et la vertu ce coeur vilain
Consume et déchire sans fin,
Et l'horreur de cette souffrance
Est de Dieu ci-bas la vengeance.
Envie et son bec malfaisant
Les gens ne lâche un seul instant,
Et s'elle connaissait, je pense,
Le plus honnête homme de France,
Ou même par delà la mer,
Le voudrait-elle encor blâmer.
Mais si sa langue envenimée
Une si ferme renommée
Ne pouvait d'un coup renverser,
Elle essaierait d'apetisser
Au moins son los et sa prouesse
Par sa fourbe et par son adresse.
Je vis, étudiant ses traits,
Qu'elle avait le regard mauvais;
Sur rien ne s'arrêtait sa vue
Que de biais, irrésolue,

Et moult laide habitude avait,
C'est que jamais elle n'osait
En plein regarder nulle chose.
De dédain sa prunelle close
D'ire soudain s'illuminait
Quand celui qu'elle examinait
Était beau, de haute naissance,
Ou pour son coeur et sa vaillance
Aimé de tous et respecté.

TRISTESSE.

Delez Envie auques près iere
Tristece painte en la maisiere;
Mès bien paroit à sa color
Qu'ele avoit au cuer grant dolor,
Et sembloit avoir la jaunice.
Si n'i féist riens Avarice
Ne de paleur, ne de mégrece:
Car li soucis et la destrece,
Et la pesance et les ennuis
Qu'el soffroit de jors et de nuis,
L'avoient moult fete jaunir,
Et megre et pale devenir.
Oncques mès nus en tel martire
Ne fu, ne n'ot ausinc grant ire
Cum il sembloit que ele éust:
Je cuit que nus ne li séust
Faire riens qui li péust plaire:Illustration: Si cheveul tuit destrecié furent... Voir image
N'el ne se vosist pas retraire,
Ne réconforter à nul fuer
Du duel qu'ele avoit à son cuer.
Trop avoit son cuer correcié,
Et son duel parfont commencié.
Moult sembloit bien qu'el fust dolente,
Qu'ele n'avoit mie esté lente
D'esgratiner tote sa chiere;
N'el n'avoit pas sa robe chiere,
Ains l'ot en mains leus descirée
Cum cele qui moult iert irée.
Si cheveul tuit destrecié furent,

Et espandu par son col jurent,
Que les avoit trestous desrous
De maltalent et de corrous.

Près d'Envie et tout à côté,
Sur le mur l'image se dresse
De la langoureuse Tristesse.
Il paraît bien à sa couleur
Qu'au coeur elle a grande douleur,
Elle semble avoir la jaunisse.
Rien n'est auprès d'elle Avarice
Pour son teint pâle et sa maigreur;
Car les soucis et le malheur,
Et les chagrins, et la détresse
Dont le jour et la nuit sans cesse
Elle souffre, l'ont fait jaunir
Et maigre et pâle devenir.
Oncques nul en un tel martyre
Ne fut, ni n'eut aussi grande ire
Comme à la voir il me parut,
Et je pense que nul ne sut
Faire chose qui pût lui plaire
Ni calmer sa douleur amère,
Tant son coeur était courroucé
Et profond son deuil enfoncé.
Aussi sur son propre visage
Elle dut assouvir sa rage
Ainsi que sur ses vêtements.
De sillons nombreux et sanglants
Sa face est toute lacérée,
Et cette robe déchirée
Est la preuve de ses dégoûts,
De sa haine et de son courroux.
S'épand sur son col, sa figure
De tous côtés sa chevelure

Et sachiés bien veritelment
Qu'ele ploroit profondément:
Nus, tant fust durs, ne la véist,
A cui grant pitié n'en préist.
Qu'el se desrompoit et batoit,

Et ses poins ensemble hurtoit.
Moult iert à duel fere ententive
La dolereuse, la chetive;
Il ne li tenoit d'envoisier,
Ne d'acoler, ne de baisier:
Car cil qui a le cuer dolent,
Sachiés de voir, il n'a talent
De dancier, ne de karoler,
Ne nus ne se porroit moller
Qui duel éust, à joie faire,
Car duel et joie sont contraire.

VIEILLESSE.

Après fu Viellece portraite,
Qui estoit bien ung pié retraite
De tele cum el soloit estre;
A paine se pooit-el pestre,
Tant estoit vielle et radotée.
Bien estoit sa biauté gastée,
Et moult ert lede devenuë.
Toute sa teste estoit chenuë,
Et blanche cum s'el fust florie.
Ce ne fut mie grant morie
S'ele morust, ne grans pechiés,
Car tous ses cors estoit sechiés
De viellece et anoiantis:
Moult estoit jà ses vis fletris,
Qui jadis fut soef et plains;
Mès or est tous de fronces plains.

Qu'elle a rompue en son tourment,
Ses pleurs coulent abondamment.
L'âme la plus dure, à sa vue,
De grand'pitié se fût émue,
Car son sein tout elle battait
Et ses poings ensemble heurtait.
Toujours à deuil faire attentive,
La douloureuse, la chétive
Jamais ne cherche à s'amuser
Ni sa bouche le doux baiser.

Car celui dont l'âme dolente
Languit, de rien ne se contente,
Ne veut danser ni karolerb;
Il ne sait que se désoler
Sans nulle distraction prendre,
Joie et deuil ne sauraient s'entendre.

Puis je vis Vieillesse en regard
A peu près un pied à l'écart,
Comme ont coutume les vieux d'être.
A peine elle pouvait repaître
Son estomac débilité;
Rien ne restait de sa beauté,
Moult était laide devenue;
Toute sa tête était chenue
Et blanche comme fleur de lis,
Et si ce corps, à mon avis,
Desséché, déjà tout inerte,
Fût mort, mince eût été la perte.
Son front jadis plein et rosé
Tout de rides était creusé.
Ses oreilles étaient moussues
Et tretoutes ses dents perdues,

Les oreilles avoit mossues,
Et trestotes les dents perdues,
Si qu'ele n'en avoit neis une.
Tant par estoit de grant viellune,
Qu'el n'alast mie la montance
De quatre toises sans potance.
Li tens qui s'en va nuit et jor,
Sans repos prendre et sans sejor,
Et qui de nous se part et emble
Si celéement, qu'il nous semble
Qu'il s'arreste adès en ung point,
Et il ne s'i arreste point,
Ains ne fine de trespasser,
Que nus ne puet néis penser
Quex tens ce est qui est présens;
Sel' demandés as Clers lisans,
Ainçois que l'en l'éust pensé,

Seroit-il jà trois tens passé.
Li tens qui ne puet sejourner,
Ains vait tous jors sans retorner,
Cum l'iaue qui s'avale toute,
N'il n'en retorne arriere goute:
Li tens vers qui noient ne dure,
Ne fer ne chose tant soit dure,
Car il gaste tout et menjue;
Li tens qui tote chose mue,
Qui tout fait croistre et tout norist,
Et qui tout use et tout porrist;
Li tens qui enviellist nos peres,
Et viellist roys et emperieres,
Et qui tous nous enviellira,
Ou mort nous desavancera;
Li tens qui toute a la baillie
Des gens viellir, l'avoit viellie

Pas une seule ne restait.
De si grand'vieillesse elle était
Qu'elle n'eût franchi la distance
De quatre toises sans potence.
Le temps qui s'en va nuit et jour
Sans repos prendre et sans séjour,
Et dont la course est si rapide,
Qu'il semble à notre esprit stupide
Demeurer toujours en un point,
Mais qui ne s'y arrête point,
Et qui si promptement expire
Que nul homme ne saurait dire
Tout au juste le temps présent;
S'il le demande au clerc lisant,
Avant d'avoir dit sa pensée
Grand' part en est déjà passée:
Le temps qui ne peut séjourner,
Mais va toujours sans retourner
Comme l'eau qui s'écoule toute
Sans qu'il en retourne une goutte,
Vers qui rien ne saurait durer,
Si dur fût-il, même le fer,
Qui ronge tout et décompose,

Le temps qui change toute chose,
Qui tout fait croître et tout nourrit
Et qui tout use et tout pourrit,
Le temps qui vieillit notre père,
Les rois et les grands de la terre,
Comme tous il nous vieillira,
Ou la mort nous devancera:
Le temps qui, lui, jamais n'oublie
De tout vieillir, l'avait vieillie

Si durement, qu'au mien cuidier
El ne se pooit mès aidier,
Ains retornoit jà en enfance,
Car certes el n'avoit poissance,
Ce cuit-je, ne force, ne sens
Ne plus c'un enfès de deus ans.
Neporquant au mien escient
Ele avoit esté sage et gent,
Quant ele iert en son droit aage,
Mais ge cuit qu'el n'iere mès sage,Illustration: Les vielles gens ont tost froidure... Voir image
Ains iert trestote rassotée.
Si ot d'une chape forrée
Moult bien, si cum je me recors,
Abrié et vestu son corps:
Bien fu vestue et chaudement,
Car el éust froit autrement.
Les vielles gens ont tost froidure;
Bien savés que c'est lor nature.

PAPELARDIE.

Une ymage ot emprès escrite,Illustration: El fait dehors le marmiteus... Voir image
Qui sembloit bien estre ypocrite;
Papelardie ert apelée.
C'est cele qui en recelée,
Quant nus ne s'en puet prendre garde.
De nul mal faire ne se tarde.
El fait dehors le marmiteus,
Si a le vis simple et piteus,
Et semble sainte créature;

Mais sous ciel n'a male aventure
Qu'ele ne pense en son corage.
Moult la ressembloit bien l'ymage
Qui faite fu à sa semblance,
Qu'el fu de simple contenance;

Si durement, il me semblait,
Que s'aider elle ne pouvait,
Mais bien retournait en enfance;
Car certe elle n'avait puissance,
A mon avis, force ni sens,
Non plus qu'un enfant de deux ans.
Et cependant en son bel âge
Damoiselle gentille et sage
Elle fut à mon escient;
Elle est bien changée à présent,
Car elle est tretoute hébétée.
D'une grande chape fourrée
Elle avait, je la vois encor,
Avec soin abrité son corps;
Les vieilles gens ont tôt froidure,
Bien savez que c'est leur nature;
Or s'était-elle chaudement
Vêtue, elle eût froid autrement.

PAPELARDIE.

Voici venir Papelardie
Et sa mine de comédie.
C'est elle qui en tapinois,
Tant qu'elle peut et chaque fois,
Quand nul ne s'en peut prendre garde,
De nul mal faire ne se garde;
Par dehors fait le marmiteux,
A voir son air simple et piteux,
On dirait sainte créature;
Mais ci-bas n'est male aventure
Que ne rumine son cerveau
Bien la présentait ce tableau
Qui fut fait à sa ressemblance;
Simple elle était de contenance,

Et si fu chaucie et vestue
Tout ainsinc cum fame rendue.
En sa main ung sautier tenoit,
Et sachiés que moult se penoit
De faire à Dieu prieres faintes,
Et d'appeler et sains et saintes.
El ne fu gaie, ne jolive,
Ains fu par semblant ententive
Du tout à bonnes ovres faire;
Et si avoit vestu la haire.
Et sachiés que n'iere pas grasse,
De jeuner sembloit estre lasse,
S'avoit la color pale et morte.
A li et as siens ert la porte
Dévéée de Paradis;
Car icel gent si font lor vis
Amegrir, ce dit l'Evangile,
Por avoir loz parmi la ville,
Et por un poi de gloire vaine
Qui lor toldra Dieu et son raine.

POVRETÉ.Illustration: Portraite fu au darrenier... Voir image

Portraite fu au darrenier
Povreté qui ung seul denier
N'éust pas, s'el se déust pendre,
Tant séust bien sa robe vendre;
Qu'ele iere nuë comme vers:
Se li tens fust ung poi divers,
Je cuit qu'ele acorast de froit,
Qu'el n'avoit ç'ung vié sac estroit
Tout plain de mavès palestiaus;
Ce iert sa robe et ses mantiaus.
El n'avoit plus que afubler,
Grand loisir avoit de trembler.

Portait chaussure et vêtement
Telle que nonne de couvent;
En main tenait un livre d'heures,

A grand' marques extérieures
Feinte prière à Dieu criait
Et saints et saintes appelait.
Point de plaisir, jamais de joie;
A bonnes oeuvres elle emploie
Son temps et toute sa vertu
Depuis que la haire a vêtu.
Sachez qu'elle n'était pas grasse,
De jeûner semblait être lasse
Et d'un mort avait la couleur.
A elle et aux siens le Seigneur
Du paradis ferme la porte;
Car leur visage de la sorte,
Dit l'Evangile, font maigrir
Ces gens pour se faire applaudir,
Et pour un peu de gloriole
Des saints ils perdent l'auréole.

PAUVRETÉ.

Pourtraite était tout en dernier
Pauvreté qui même un denier
N'aurait trouvé pour s'aller pendre,
Sa robe eût-elle voulu vendre;
Elle était nue ainsi qu'un ver:
Aussi bien, eût sévi l'hiver,
De froidure elle serait morteb.
Un vieux bissac seul elle porte
Tout rempli de mauvais lambeaux;
C'était ses robes et manteaux.
A l'écart, dans un coin, seulette,
Comme un chien honteux, la pauvrette

Des autres fu un poi loignet;
Cum chien honteus en ung coignet
Se cropoit et s'atapissoit,
Car povre chose, où qu'ele soit,
Est adès boutée et despite.
L'eure soit ore la maudite,
Que povres homs fu concéus!
Qu'il ne sera jà bien péus,

Ne bien vestus, ne bien chauciés,
Néis amés, ne essauciés.
Ces ymages bien avisé,
Qui, si comme j'ai devisé,
Furent à or et à asur
De toutes pars paintes où mur.
Haut fu li mur et tous quarrés,
Si en fu bien clos et barrés,
En leu de haies, uns vergiers,
Où onc n'avoit entré bergiers,
Cis vergiers en trop bel leu sist:
Qui dedens mener me vousist
Ou par échiele ou par degré,
Je l'en séusse moult bon gré;
Car tel joie ne tel déduit
Ne vit nus hons, si cum ge cuit,
Cum il avoit en ce vergier:
Car li leus d'oisiaus herbergier
N'estoit ne dangereux ne chiches,
Onc mès ne fu nus leus si riches
D'arbres, ne d'oisillons chantans:
Qu'il i avoit d'oisiaus trois tans
Qu'en tout le ramanant de France.
Moult estoit bele l'acordance
De lor piteus chans à oïr:
Tous li mons s'en dust esjoïr.

Toute petite se faisait
Et tristement s'accroupissait
(Car pauvre chose est délaissée
De tous et de partout chassée),
Et n'ayant rien pour s'affubler
Grand loisir avait de trembler.
Maudite soit l'heure fatale
Qui le pauvre conçut! Tout pâle
Il erre de faim épuisé,
Mal vêtu, honni, méprisé.
J'ai bien contemplé ces visages.
Comme je l'ai dit, ces images
Resplendissaient d'or et d'azur
De toutes parts peintes au murb.

La muraille haute et carrée,
Mieux que haie et close et barrée,
Entourait un vaste verger
Où n'était onc entré berger.
C'était un beau site sans doute;
A qui m'en eût frayé la route
Ou par échelle, ou par degré,
Certes j'aurais su moult bon gré;
Car tel déduit et telle joie
Ne vit nul homme, que je croie,
Comme il était en ce verger.
Car ce lieu d'oiseaux héberger
N'était ni dédaigneux ni chiche.
Nul lieu ne fut d'arbres plus riche
Ni d'oisillons au piteux chant;
D'oiseaux était trois fois autant
Qu'en tout le reste de la France.
Moult belle en était l'accordance;
Le plus sombre, rien que d'ouïr
Ces chants, s'en devrait éjouir.

Je endroit moi m'en esjoï
Si durement, quant les oï,
Que n'en préisse pas cent livres;
Se li passages fust delivres,
Que ge n'entrasse ens et véisse
L'assemblée (que Diex garisse!)
Des oisiaus qui léens estoient,
Qui envoisiement chantoient
Les dances d'amors et les notes
Plesans, cortoises et mignotes.
Quand j'oï les oisiaus chanter,
Forment me pris à dementer
Par quel art ne par quel engin
Je porroie entrer où jardin;
Mès ge ne poi onques trouver
Leu par où g'i péusse entrer.
Et sachiés que ge ne savoie
S'il i avoit partuis ne voie,
Ne leu par où l'en i entrast,
Ne hons nès qui le me monstrast

N'iert illec, que g'iere tot seus,
Moult destroit et moult angoisseus;
Tant qu'au darrenier me sovint
C'oncques à nul jor ce n'avint
Qu'en si biau vergier n'éust huis.
Ou eschiele ou aucun partuis.
Lors m'en alai grant aléure
Açaignant la compasséure
Et la cloison du mur quarré,
Tant que ung guichet bien barré
Trovai petitet et estroit;
Par autre leu l'en n'i entroit.
A l'uis commençai à ferir,
Autre entrée n'i soi querir.

Pour moi, si grande était ma joie
Que si l'on m'eût ouvert la voie,
J'aurais céans et de bon coeur
Payé cent livres le bonheur
De voir des oiseaux l'assemblée
(Que Dieu garde!) sous la feuillée,
Gazouillant en ce frais séjour
A l'envi les danses d'amour
Et les plaisantes chansonnettes
Tant courtoises et mignonnettes.
Quand j'ouïs les oiseaux chanter,
Je me pris à me tourmenter
Par quel engin, quelle manière
Du jardin franchir la barrière;
Mais je ne pus oncques trouver
Lieu par où j'y pusse arriver.
De plus, si m'était inconnue
De ce verger aucune issue,
Nul n'était là pour me montrer
Non plus comment y pénétrer.
J'étais dans cette solitude
Rongé de noire inquiétude,
Tant qu'enfin à l'esprit me vint
Qu'à nul jour encore il n'advint
Qu'un si beau verger n'eût de porte,
Échelle, accès d'aucune sorte.

Lors j'allai d'un pas assuré,
Contournant du grand mur carré
Avec soin toute l'étendue.
Enfin, une porte perdue
J'aperçus, guichet bas, étroit;
Pour entrer c'est le seul endroit.
Adonc sans plus tarder encore
Je frappai sur le bois sonore.